Oops & Ohlala

On the farm
À la ferme

Une histoire de Mellow
illustrée par Amélie Graux

I'm so happy to be on the farm.

Moi aussi ! On va voir tous les animaux.

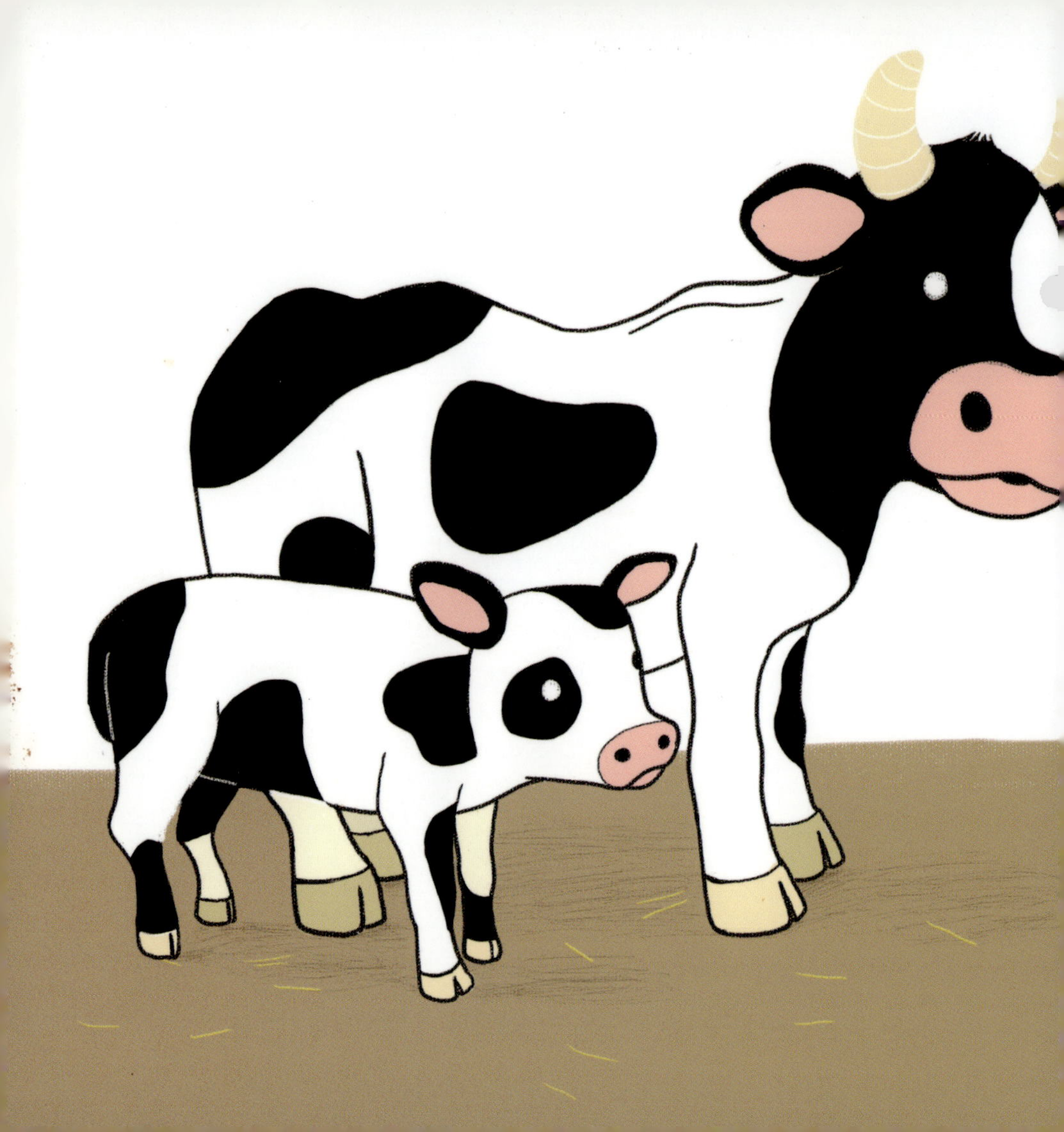

Regarde la vache blanche et noire !

She has a little calf. He's so cute.

Do you know how to milk cows?

Oui, tu mets tes mains comme ça.

Ha! Ha! Ha!
You got milk on your face!

Oh la la ! Ce n'est pas si facile de traire une vache.

Here are the pigs!

Les cochons, c'est tout rose et c'est mignon.

But they're not pink, they're dirty!

Beurk ! Et en plus ils ne sentent vraiment pas bon !

Tu peux caresser le mouton.
N'aie pas peur !

Hmmmm… He's so big.

Qu'est-ce que c'est ? Au secours !

Don't be scared.
It's a tiny baby lamb.

Moi, j'adore les poussins et les lapins.

Ducks, goats, hens… I love them all!

La version audio de ce livre
est téléchargeable gratuitement sur
www.talentshauts.fr

Conception graphique : *Claire!*

Conception et réalisation sonore : Éditions Benjamins Media - Ludovic Rocca.
Oops : Samuel Thiery, Ohlala : Jasmine Dziadon.

© Talents Hauts, 2012
ISBN : 978-2-36266-044-3
Loi n° 49-956 du 16 juillet 1949 sur les publications destinées à la jeunesse
Dépôt légal : mars 2012
Achevé d'imprimer en Italie par Ercom